KB125388

늪에 빠진 달

이겸 지음

작가의 말

제 어두운 마음속의 감정과 작은 희망을 담았습니다.
당신의 모든 절망, 우울, 아픔을 이해할 수는 없겠지만,

여기, 이 책 안에서 충분히 아프고, 충분히 후회도 하며
힘들면 포기도 하고 그랬으면 좋겠습니다.

여러분의 마음속 겨울을 응원합니다.

그리고, 제 어리숙한 위로들과 함께 아파하는 마음을 놓아두
시고 가세요.

마음속으로 들어가게 허락해 주셔서 감사합니다.

이겸 드림

목 차

PART

1

늪

고요함의 적막이 아닌데
채워질 리가,

너무 깊이 들어와 버렸나,

근데 헤엄치는 법을 잊어버렸어

어쩌지

핑계 같겠지만

그냥 걷다 보니 생각났어

아니,

그냥 핑계처럼 이야기하는 거야

딱히, 생각 난 건 아니고 그냥

기억조차 잘 나지 않았었는데

그냥 지난 바람일 뿐인데

갑자기 왜 돌아가고 싶어졌을까

꼭, 정말 소중했던 것처럼

끝은 새로운 시작의 다른 말이라던데
난 왜 끝은 끝인 것만 같지

새로운 시작 따위는 보이지가 않는데
이게 시작이라 해야 할지,
괜찮은 척이라도 해야 할지,

형체도 뭉그러져 버리는 것만 같아서
내 마음도 함께 무너지는 것 같아

너무 속상해, 나한테

이유는 너지만, 나한테
속상함이 바보같이 느껴진다.

마음을 다잡기는커녕
무너지는데 가속도만 붙어버렸다.

언제쯤이야 단단한 모래가 될까
다져져 버렸다가도 금방 무너지는
내가 밉다.

또,

바보같이 엉켜버리고

내 마음만 아파지고 있다.

예상했듯이 마음이 뭉개진다.

그럴 때 있잖아

무작정 보고 싶을 때
추억인지 미련인지 헷갈릴 때,

사실 매일 그래
아직도 사랑인지.

사실 보고 싶어,
마음 찢어지는 나를 네가 알까

사랑받지 못해도 곁에 두고 싶었던
온기라도 느끼고 싶었던

기대하지 않으려면서도

물고 늘어진다.

부질없음이 마음을 찢는다.

이제야 알았어, 너무 늦게
네가 내 곁에 있는 동안
난 모든 걸 잃어서,

지금은 숨 막히게 우는 것밖엔
할 수가 없어

지금 뭐 할까

이리 보고 저리 봐도 다 너라서

내 마음이 자꾸 헤집어지고

쑤시고, 난리도 아니야 나

다 사라진 줄 알았는데,

네가 던져 깨져버린
내 마음의 아주 작은 조각들이
곳곳에 박혀 있나 봐

가끔씩, 아직도
돌아가고 싶어 바보 같게도

조각들이 닳고 닳아서 뭉뚱그려지면,
너도 그렇게 희미해질까

세상에 모든 것 중에

죽을 때 아름다운 것이 있을까

목에 걸린 사탕 같은 사람

용서할 수 없는 사람

문득문득 생각나서

그런 너라서 미치게 싫어

동정심이라는 말,

그렇게 치가 떨리는 말도 될 수 있는지 몰랐어

사람한테 상처는 언제까지나 받아야 할까,

아마도 죽을 때까지겠지

아주 한참 생각해 보았는데,

나쁜 기억을 지우려면

좋은 기억까지 지워야 한다고

그런데 좋은 기억이 떠오르는 건,

마음이 약한 탓일까

널 그리워한다는 걸까

떼어낸다는 거,

쉽다가도 너무 어려워지는 거

잘 모르겠어

내가 행복해지는 걸까

행복해질 수 있는 걸까

그냥 너를 보면서, 넌 어린아이야 하다가도

내가 너무 싫다.

죽을 만큼 싫어진다

평생 불행했으면 좋겠어.

금방 얼어버렸던 계절은 가버렸고,
금방 녹아버리는 계절이 와버렸다.

싫다.
유난히 네 기억이 짙어지는 계절이야

아니, 좋다
유난히 네 기억이 짙어지는 계절이야

오늘은 유난히,

항상 예뻤던 하늘이 예쁘지 않았고

좋아하던 꽃이 시들시들해서

나도 회색빛이 되는 날이었다.

나는 마음에 여유가 없을수록

하늘을 안 보게 된다.

요즘은 내려다보기만 했다.

오랫동안 혼자 여행가는 게 소원이었는데
목적지를 정하지 않고 낯선 길을 탐험하는 게,

이제는 내 존재조차 없어지는 것 같아.
힘들다 말할 힘조차 사라져 버리고
그냥 도망가고만 싶다.

아무도 없는 곳으로, 마지막인 것처럼

힘내려고 노력하는 게,

모든 힘을 쏟아부어도 얼마나 힘든지

우리 다 알잖아.

도망가자, 멀리

조금은 지겹고 조금은 적막한 곳으로

하루 종일 사색에 잠겨도 괜찮은 곳으로

물 안에 누워있고 싶은 날

아무것도 없이, 아무도 없이

다 찢어버리고 싶다.

찢어질 마음도 사라지게

마음이 갈라질 때마다 죽을 만큼 서럽다.

바다만 보이는 한가운데 고립되고 싶다.

생물이라고는 보이지 않는,

잔잔한 물결만 곁에 있는

바람이 너무 세차게 분다.

흔들리면 흔들리는 꽃이 되면 된다고 했지만,

흔들리기 전에 다 밟혀 버렸는걸.

어둠에도 단계가 있다.

아는 사람만 아는, 그런 단계

마음이 칠흑이다.

빛을 타도 타도 칠흑이다.

더 짙어진 칠흑에 빠져 헤어 나올 수가 없다.

끝이라는 절벽 앞에서

까치발 들고 버티다가, 뒤로 한 걸음

불안함은 길다.

나에게 어둠이 내리면,

가차 없이 빨려 들어가 버린다.

헤어 나오려고 발버둥 쳐봐도

추위와 바람만 내릴 뿐,

비라도 한바탕 쏟아졌으면 좋겠다.

수면 위로 올라탈 수 있게

그래서 그리움을 없애려고 해,

나를 없애는 거지

정말 재미없는 하루의 연속이다

몸살감기는 가만히 쉬면 낫지만,

마음의 감기는 가만히 두면 더 아프다

또, 도져 버렸다

숨이 탁, 막혀서 넘어가지를 않는다

또, 다시 또, 다시
영이 되었다.

행복의 다른 이름은 불행이다.

항상 같이 따라다니니까

조금만 떨어져 걸으면 안 될까,

추억이 눈 같은 거라면

꽁꽁 얼어버리는 곳에서만 살래

문득, 마음에 금이 갔어

과거가 더 오랜 과거가 되어

여기서 분명한 건,

적어도 산산이 부서질 거라는 것

조각들의 아픈 반짝임이 날 덮칠 거라는 것

늪으로 빠질 준비를 해야겠다

느지막하게,

그럴 때 있잖아,

뒤돌면 벼랑 끝일 것 같을 때

어떻게 해야 할지 모르겠다.

출구가 없는 미로를 헤매고 있다.

비가 왔으면 좋겠다,

아주 많이, 푹 잠기도록

즐거웠던 일들도 다 슬퍼지게 되던 날,

공허한 마음들로 채워진 하루

어질러진 마음들을

전부 주워 담아 버리고 싶은 날

불행에서 빠져나올 수 없다면,

그냥 푹 잠겨 마음을 녹여버리자

뭘 위해서 살아왔을까

모두 제자리인데,

멍청하게도

나 자신 말고 남을 위해서만 산 것 같다.

죽어도 마땅하다

엉엉 주저앉아 울고 싶다.

마지막은 쓰디썼다.

잠이 쏟아진다

아플 것 같다.

오래오래

나를 혹사시켜야만,

이 아픔이 끝날 것 같다.

슬픔은 기준치가 없는 건가

왜 시도 때도 없이 차오르고 무너지는 걸까

숨 막힌다

내가 무엇이 됐든 간에,

내가 아무것도 아니든 간에,

망망대해에 덩그러니,

표류하고 싶다.

어쩌면 아무도 없다는 게 편할 것 같다

아무것도 하기 싫다.

아무도 아니고 싶다.

비 오는 날,

비가 폭우처럼 쏟아지는 날

아무도 나를 모르는 그곳으로

바람의 유랑을 타고 떠나고 싶다.

밤보다 어두운 먹구름 안에서

덩그러니 혼자여도 좋으니

인생은 새로고침이 고장 난 노트북 같다.

행복은 모아둘 수 없지만

불행은 왜 쌓여만 갈까,

우리의 공명이 그냥 소음이 됐을 때

그때였나,

내가 무너진 날이

쏟아내고 싶은 마음과

진작 버려야만 했던 기억

끊어내지도 못한 채 엉망으로 뒤엉켜 있다.

우는 법을 잊었다

모르겠다,

어떻게 토해내야 했던 건지

이게 맞는 건지

마음속에 바다가 있다면,

조금 더 어둡고 조금 더 거칠었으면 좋겠다

어둠에 푹 잠겨 있어도 아무도 모르게

찰나의 시간은

잠시,

다른 곳을 보는 사이 사라졌다

어떤 마음도 아닌 마음으로

비의 자리를 따라 흐르고 싶어,

그곳이 낭떠러지라고 해도

무너질 때마다 달이 찢긴다,

먹구름으로 가득 찬 하늘만 올려다본다

앞이 보이다 안 보이다 반복한다

다시, 하염없이 길을 헤매다 잃어버렸다.

뜨겁고 아팠고 쓰렸고 부서졌다

온몸이 잿가루가 된 채 그대로 멈추었다.

바람에 이리저리 치이다 흩어진다

아무것도 아니게 되었다

새하얀 눈 밑에 깔린

까맣고 차가운 진실.

이별의 잔상만 잔뜩 들어차 있다.

오늘도, 마음에 약을 털어 넣는다
눈을 덮고 귀를 닫고 입을 막는다

소리 없이 우는 법만 늘어간다.

꿈에서 난 매일 쓰러진다 기억을 잃는다.
아침에 눈 뜨기가 두려울 정도로 많이

다른 악몽보다도 나쁜 잔상이 오래 남는다던가,
현실의 나도 쓰러질 것만 같다

그만두고 싶다,

시간은 멈췄으면 좋겠고,

나는 또 도망가고만 싶어.

인생에 탈출구는 없어.

삶과 죽음 그 경계선 어디쯤 서 있을 뿐,

PART

2

밤

어차피 흐려질 거 아무것도 안 보이게
새까맸으면 좋겠다,

물들지 않았으면

시간이 지나면 사라졌으면 했다.

항상 생각과는 반대였다

잃어버린 퍼즐 조각,

마음속에 담는 것밖에 할 수가 없었다.

익숙함이 사라졌다는 건

생각보다 채우기가 힘든 거구나 하고

참 허한 밤이었다.

벽에 둘러싸여 나아갈 수도 없게

뭐가 뭔지 모르겠어서 울어버렸어
아무리 생각해도 답이 나오질 않아서
네 잘못이라고 생각하고 꽤 오래 미워했어
사실은 아직도 미워.

근데 보고 싶어
몇 번을 들여다보는지 모르겠어
가끔 내 안부가 아닌 연락에도
심장이 내려앉고 터질 것만 같아서
다시 안절부절못하게 되고

다시 돌아가기엔 너무 멀어졌어
아니야 괜찮아 하며,
또 의미 없는 시간을 되돌려

세상에 우리 둘뿐이었다면 조금 편했을까
그냥 한 번만 말없이 안아주라
꿈에서라도

여러모로 서글픈 하루였다.

길 가다가 마주친 옛친구의 외면도,

항상 재밌었던 드라마에 나온 슬픈 이야기도

그냥 사소했던 설움이

모였다가 쏟아져 버렸다

아픔도 모르겠어,

울어버린 밤

각자의 바람이 만나서

태풍이 되어버린 걸까

잠시 조용할 땐,

그 중심에 서 있던 거겠지

언제쯤, 지나버릴까

어쩌면, 지나지 않을까

바람에 자꾸만

부서져 나가서 쓰라리다.

마음이 바람이 되어

다 날아가 버릴 것 같다

아니, 날아가 버렸으면 차라리

세상에서 가장,

사랑한다는 사람은 누구일지

그게 진심일지

널 낭떠러지로 다시 밀었다
내가 살려면 어쩔 수 없었다.

한순간에 추락시켰다,
밑에 도착하면 뭐가 나올까

돌아갈 수 없지만,
행복해

또 혼자 되뇌이는
안녕.

되게 이상하다

추억이란 거,

고칠게라는 말은 하지 마

고치는 게 아니라 맞추는 게 맞는 거지

내 마음도 수수께끼투성이인데

네 마음까지 해석해야 하니

평소보다 바쁜 날을 보냈고,

아무 생각 안 들도록 나만 바라줬는데

비어버린 마음을 채우기가 힘겹다.

절망감에 빠질 땐,

온전히 빠지자

의미라는 게 사람마다 다른 거라

어려운 것 같다.

어두운 마음을 가진다는 게,

꼭 나쁜 것만은 아니길 바라는 마음

밝음이 있으면 어둠도 있는 법이니까

내가 좋은 대로 흘러가면 그만이다.

그래도 주위가 신경 쓰인다면

자기 얼굴에 침 뱉기 중이니 신경 끄자

인생이라는 게,

거꾸로 흘러가는 거라고들 하는데

똑바로 흐를 수는 없나

오늘은 하늘이 분홍빛이었어,

너무 예뻐서 사라질 때까지 보다가 눈에만 담았어

혼자 본 게 아쉬웠지만

괜찮았어, 아마

아무리 예쁜 말을 해도

바뀌지 않는 사람이 있다,

그게 네가 아니면 바랄 것이 없다.

바람이 너무나 차다.

아리도록 차갑다.

이젠 안아달라고 할 햇살도 없는데

추억이 아픔이 될 줄은 몰랐다.

지금이 너무나 소중한 건 꿈이 아니었으면

공허하다.

조용하게 있어 보면,

밤바람이 말을 건다.

괜찮다고, 잘하고 있다고.

지금은 계속 끝나고 있고
지금은 계속 생겨나고 있다는 거,

그냥 생각이 많아지는 밤이다
마음이 아프다

사실은 나, 함박눈도 좋아하지만

쉴 새 없이 쏟아지는 비를 더 좋아하는 듯해.

그 속에선 내 슬픔도 마음도 조용해질 수 있으니까

타이밍 같은 건,

마음이 가볍게 이길 수 있다고 생각했는데

지금 와서 생각해 보니 아니더라.

몇 년이 지났는지조차 모르겠는데

아직도 그립더라.

그때의 감정 온도 공기마저

어디로 가야 하는지 알잖아

망설이지 말아야 하는 것도 알잖아

왜 또 바닥으로 떨어지려 해

왜 또 얼음장 같은 바닷속으로 들어가려고 해

그만, 제발 행복해지자

첫눈이 오면 항상 함께하자던,
너의 음성이 흐릿해졌다.

봄이 오면 꽃 보러 가자며 속삭였던,
너의 음성이 흐릿해졌다.

문득, 어떤 문장을 읽을 때마다
다른 누구보다 너의 생각이 진하지만

그래도 어느 정도 빛을 발해
아릿하게 아름답다.

내가 좋아하던 꽃가게가 사라졌다.

꽃을 사랑하는 마음을 남겨두고 왔는데,

이제 어쩌지

작은 바람에,

쓰나미가 밀려와

달을 집어삼켰다.

엉망이 된 채 사방으로 흩어져 갔다

아직도 난 겨울을 걷고 있다.

아주 오래 걸어서 그런지

겨울이 나인지, 내가 겨울인지 모르겠다.

봄이라는 단어만 되뇌었는데

이제 눈 속에 파묻혀 사라졌다

느슨한 기억들이 빽빽하게 들어찬 꿈,

여러 번 맥없이 깨어난다

제발 하루만이라도 가만히 지켜봐 주면 안 될까

그럼에도 행복하다고 말하고 싶은 건,

욕심이 아닐까

햇빛을 보는 게 싫은 게 아니라,

어둠이 좋은 거였고.

안 행복한 게 아니라,

이 감정도 나인 걸 인정해야 하는 거였다.

행복 수치를 낮추면

나도 행복에 잠식당할 수 있을까,

기억의 파편 속에서 슬픔 한 조각 찾아 쥐고 있다가

만신창이가 되어버린 마음이 보였다.

넋이 나가버린 탓에,

그 한 조각은 기려한 조각들 사이로 떨어졌고

아, 난 아직 멀었구나 하며

그 한 조각을 다시 찾아 헤매인다.

멍하게 물기 어린 창밖만 바라봤다

창을 따라 흘러버리는 방울들이

비일까, 내 마음일까
유속이 스르르 빨라진다

아주 평범한 언어들과 은은한 음이 교차해,

느리게 재생하는 가삿말을 곱씹고 있어

숲길 위에 누워있어

달빛이 정지되어 있고, 마치 백야 같아

다시 되감기를 눌러

끝나지 않는 별들과 스며들어 농도를 맞춰,

참 모순적이게도,
내 벽으로 다 막아버렸던 사람들이 생각난다.

미안함으로 가득 쌓아 올린 벽을 허물다 보니
또 다른 벽을 쌓고 있다.

그렇게 오늘도, 어떻게 해야 할지 모르겠다
엉망진창이다.

낯선 바람과 회색빛들 사이로 불안함이 가득 찬 곳
저마다의 늪에 빠져 허우적거리느라 바쁜 곳

난 그곳을 세상이라 불러

다시, 새벽이야

낮에는 청연했던 안개가

운무와 뒤엉켜 검은 안개가 되어버리는 시간

우리, 포기하자 그냥

힘든 거 내려두고 이탈해 버리자.

다 버리고 산책 가듯 아무 길이나 헤매자

추운 겨울바람에 바다가 일렁인다.

그 소리가 서글픈 내 마음 같아

진종일 그곳에서 헤매었다

잠겨 죽고 싶었다,

사람은 나만 보는 일기장에도 거짓을 쓴다고 해요.

오늘은 정말인 하루였나요,

나에게도 거짓인 하루였나요?

조각나버린 마음을 주워 모아 껴안아

이리저리 찔려서 피가 나도 괜찮아.

그런데 하나 걱정이 생겼어,

널 안아줄 수가 없어

지나고 나서를 바라는 게 아니야,

지금 괜찮고 싶은 거지.

다 거짓말이라고

다 연극이었다고 말해줘요.

내 마지막을 당신께 쓸게요

그러니 오래오래 내 옆에 있어 주세요

사랑이라는 이유만으로 사랑이 되던 시절
열여덟 번의 계절이 지나도록 마음을 나눴지

찬찬했던 기억들 속,
주저앉아 있는 나만 있어, 너는 온데간데없이 사라졌어.

누가 마법이라도 부렸나 실없는 생각을 하다가
기억을 닫고, 차가워진 시야도 닫아 버렸어

비가 오려나, 마음은 애연해져만 가는 것 같아

넌 날 얼마만큼 사랑하게 만들고 간 거니,

희미해진 널 잊지 않도록
다시 꾹꾹 눌러 채워둬야겠다.

힘든 몸을 이끌고 나가야만 했던 날,

하늘이라도 청량해 줬으면 했다

아니나 다를까 흐리다, 무척

에는 추위에 두터운 옷을 꺼내 입고 나갔다

얼은 비가 오더라,

이젠 별 게 다 시리게 한다.

검은 마음을 지우기 위해 흰색을 칠했다

칠해도 칠해도 밝아질 기미가 안 보였다

흰색을 칠할 게 아니라 빛을 비춰야 했다.

우리, 다시 이 계절을 맞이할 수 있겠죠?

이번만이 끝은 아니겠죠?

지금까지의 시절만큼이라도

다시 함께해 주세요,

믿지 않는 모든 신들을 이제는 믿을게요.

머릿속이 하얘져서 밤 산책에 나섰어

가로등도 하나 없는 곳이었는데,
달도 별도 그 흔한 구름조차 없더라

빛바랜 보라색 하늘만 보이고, 왠지 내 마음 같아서
모든 것들이 원망스러워서 주저앉아 한참을 울었어

자꾸만, 의미 없이 시침을 되감고 있어
거꾸로 돌아가라 돌아가라

PART

3

바람

후회되면 미련이고
아쉬우면 그리움이겠지,

그 한마디에 무너졌다.

엄마니까,

항상 내 편에 서서 무슨 일이라도

날 안아주는 한마디와 곁에서 지켜주는 사람.

돌이킬 수 없는 말을 후회하고

하지 못한 말을 마음속에 담아만 둔다.

또 한 번, 한없이 미안하고 고맙고

난 언제쯤이야 엄마의 사랑을 이해할 수 있을까

아마 평생 못할 것 같아서

마음이 저릿하다.

이렇게 하나 저렇게 하나 같고

노력해도 바뀌지 않는 걸 알지만,

또 왜 이어가려고 하고 있을까

지치는 건 나뿐인데

좋은 기억 때문에 힘들다면

좋은 기억도 지워버리자.

처음부터 없던 사람처럼

그리움을 들춰 보다가
오래된 친구에게 연락 한 통.

보내지지 않는 몇 마디,
너무 늦어버렸나

항상 그 자리일 것 같았던 것들이
점점 흐릿해지고 멀어져 간다.

저 까만 바다 끝에 가면 만날 수 있으려나,

언제나 내 마음 한편에는 네가 있다는 거
잊지 마.

우리 꼭 다시 만나겠지
보고 싶다.

바람이 서둘렀을까,

비가 더 서둘렀을까

해는 구름 뒤에 떠서 지켜보기만 했어

낙엽이 바람에 흔들리는 소리

이미 말라버렸지만

그래도 바람에 답해주는 낙엽이,

대견하고 아픔이 느껴져서 슬픈 바람

초록이 흔들거린다

눈앞에 그리고 마음에 아른아른한다

빽빽하던 네가

새로 지은 창고처럼

텅 비어버렸다.

하루를 지낸다는 것보단,

버틴다는 게 맞는 거지

다들 같겠지, 그럴 거야.

그렇게라도 위로하면

위로가 될까.

구름이 빠르게 흐르길

바람이 빠르게 흐르길

그러고 나면,

이 멍청한 시간도

스쳐 가겠지

너무 많이 틀어져서

다시 만날 수도 있는 걸까

그럼 반대가 되는 걸까

다시 하나가 되는 걸까

너무 경계 져 버리려나.

그래도 다시 덧칠하면 될까

답이 있는 문제보다,

답이 없는 문제가 더 어려운 것 같다.

과거를 잊는다는 거 가능한 걸까

그냥 희미해지는 것뿐이겠지

예쁜 꽃은 꺾이고,

시든 꽃은 짓밟힌다.

작은 바람이 불었다
향기가 날았다가 사라졌다.

눈이 부시게 아름다웠고
제대로 보지 못했다.

다시 꽃이 지고,
낮이 졌다.

별빛마저 보이지 않아
꽃을 찾아 헤매었다.

아픈 날,

나보다 더 아프게 만들어 버린 그대 마음.

말도 못 하고, 내일이면 아무렇지 않게 웃어줄,

혼자 뒤에 숨어 마음 아파할 당신에게

항상 미안해요, 내가

여름에는 휴가라는 게 있잖아,

그래서 여름의 향기는 오래가나 봐.

겨울은 휴가가 없는데도

우리의 향기는 왜 오래도록 남아 있을까

그때의 기억과 향기를 완전히 잊는다는 것,

있을 수 없는 일이 아닐까

누군가 날 싫어한다고 해서
똑같이 그럴 필요는 없다.

나도 누군가에게 그러고 있을 수 있으니
내 감정에만 충실하면 그걸로 됐다.

하루 종일 틀어두었던 노래를 끄고
아무도 없는 집에서 소파에 살짝 기대 누웠다.

햇빛과 바람에 나뭇잎이
시계 초침 소리와 함께 연주를 하며
무겁지도 가볍지도 않은 소리를 냈다.

오랜만에 느껴보는 아주 짧지만,
고마운 여유였다.

능력이 많지 않아도,

마음의 능력은 많은 사람이 되기를

바람은 보이지 않고 느껴지잖아,

너도 그런 사람이길 바래

그냥 이렇게 낡은 의자에 앉아,

구름이나 구경하고 바람이나 느끼면서

좋아하는 노래나 한 곡 들으면서

아무 걱정 없이

시간이 멈추어 버렸으면 좋겠다.

한 번은 어렵고, 두 번은 쉽지

그래서 난 버리려고

버리고, 다신 주워 오지 않아야지.

힘들 때 결정하는 거 아니라 했는데 실수했다.

또 찾을 거면서, 그대로

인간관계를 끊는 게 생각보다 쉬워졌다.

그렇다고 많은 관계도 아니고,

적은 관계도 아니지만 마음이 편하다.

어쩌면, 인생은 혼자라는 게 맞는 말인지 모르겠다

나쁜 사람을 어쩔 수 없이 만나게 되더라도

나는 그냥 나쁘게 대하지 않을래,

그러다 보면 언젠가 마음을 알아주지 않을까

자신만 아는 사람과는 대화할 필요가 없다

모두 다 잘해 줄 필요는 없다.

그저 자신이 깨달아 가길,

가끔은 자신을 뒤돌아보기를

겉과 속이 다른 사람들만 잔뜩이다.

아는 것과 모르는 것,

내가 아는 것은 세상의 반의반보다 안 되겠지만,
모르는 게 약이라고 하지만 알고 싶다.

당신의 마음과, 당신들의 진짜 마음

세상에 쓸모없는 사람은 없지만,

나에겐 필요하지 않은 사람은 있잖아.

들꽃 같은 사람이 될래요,

어디든지 어딜 가든지 항상 곁에 있도록

공감 위로 참 좋지, 고맙지

근데 그런 걸로 안 될 때가 가장 힘든 거야

죽을 만큼 힘내고 있는 사람에게, 힘내라고 하는 건

그냥 죽으라는 거랑 같은 말인 것 같아.

그냥 눈물이나 닦아주고, 죽을 만큼 안아줘

요새는 어딜 가든지 새해라고
꼭 지켜야 할 것들을 말하지만,

무슨 자격으로 내 인생의 답을 정해주는 것인지,
원래 세상을 방황하며 사는 게 인생인데

난 네가 없이도 잘 살아내는 사람이고,

내 기억에서 나가줬으면 해.

원래 없었던 사람처럼

난 너를 용서하기로 했어,

내가 저주를 퍼붓지 않아도
넌 아플 거니까, 많이

결이 다른 사람과는 어울릴 수 없다.

하지만 결을 맞추려는 사람과는 어우러진다.

남 탓 말고,

차라리 자기 탓을 하는 사람을 만나길

도서관에서 책을 빌려 왔다

한 단원씩 포스트잇을 붙여두고 읽는 내 습관으로

다른 사람의 책갈피를 빼버렸다.

영영 찾지 못하겠지,

그 사람.

꽃다워질게,

피어있어도 짓눌려지고 있어도
항상 나일 수 있도록.
그렇게

그렇게 좋아하던 비가 눅눅하다고 느껴진 날,

파스텔톤 노란 포장지에 곱게 곱게 포장된
너의 마음을 받았다.

힘내라고, 그런 꽃말이라고
'내 사람이야'라는 뜻도 어렴풋이 흘리며

'미안한 사람'
내 꽃말은 이걸로 해야겠다.

옛날 티브이의 지지직거리는 소리와
연주 중 기타의 핀 나간 소리를 좋아한다.

작은 일들을 처리하고,
적어두었던 메모를 지우는 것도

주인 없는 길가의 잔꽃들을 잔뜩 꺾어다
두서없이 채워 두는 것도

이제 마음만 채우면 되는데,
이 모든 게 마음을 채우기 위함이었는데,

다시 돌아갈 생각은 없다.

그때의 내가 그리운 거지,
네가 그리운 게 아니니.

선풍기를 쐬다가

더 시원해지고 싶어서

냉동실 한구석에 있던

아이스크림을 꺼내 왔어

그런데,

선풍기 바람에 쉽게 녹아버려서

더 찝찝해졌지 뭐야

모든 건 적당한 게 있구나,

생각이 들었어.

'하지'

일 년 중 낮이 가장 긴 날.

비가 와서 얼마나 다행인지

행복 찾는 거 지쳤어

그만할래.

방황하면서 살고 싶어,

많이 울고 후회하고 미련도 남기면서

그렇게 살아가기로 결심했어.

견고해졌다가 밀려오는 파도에 부서졌다.

처음부터 허술한 견고함이었나보다

할 수 있는 일들이 많아질수록,

망설여지는 일이 많아진다.

내 생각들을 집어삼키며 널 걱정했던 일,

가장 쓸데없는 일이었어.

덕분에 더러워진 내 머릿속과 마음들이

널 미워하게 됐으니까

네가 놔버린 끈을 다시 잡아달라니,

이번에도 소중하게 대할 줄 알았으면 생각 고쳐

닳아빠진 그 끈 진작 갖다 버렸으니까

일말의 희망도 가지지 마.

별들도 잠든 시간,

쏟아지는 비에 나가자고 조르는 날 보며

휘어진 졸린 눈으로 기꺼이 흠뻑 젖었던 일

비가 오는 모래사장에 앉아

다가오는 파도를 보며 같은 유랑에 빠지는 일

바람에 부서지는 흰 모래들과

누가 뭐랄 것도 없이 동시에 그곳으로 내달리는 일

먹구름 뒤에 숨은 해 같은 일

원하는 시간으로 갈 수 있다면 미래로 가고 싶어

지금만 보고 사는 내게는 너무 먼 그런 미래

그 아득한 시간으로 떠나갈 수 있다면,

흉터도 아린 마음도 조금은 무뎌져 있지 않을까

흐릿한 아침 사이로 텅 빈 바람이 흘렀다.

두 눈만 끔뻑이며 너를 찾다,

불투명해진 망막에 숙취 같은 메스꺼움만 들어찬다.

너와의 여름을 놓아버리고, 늦은 휴가를 왔어

차가워진 물에 발을 담가봤지
좋아했었잖아, 나란히 앉아 멀리 내다보는 거

나는 어쩌자고 물에 비친 내 모습에서
설핏하게 네 모습을 보고 있는 걸까.

계절은 참 선연한데, 너는 왜 어슴푸레하기만 하니

공사장 자재들이 널려있는 그런 흔한 공터야,

요즘 생각이 많아질 때 오는 내 아지트

기다리고 기다렸지,

내 안의 열망이 무너지기를

오늘도 기약 없는 발걸음이었네,

안녕 내일 또 봐.

시간을 빨리 감아버리고 싶은 사람이 아니라,

시간이 정지되었으면 하는 사람이 되고 싶다.

길을 걷다 무심코 발걸음이 멈춰지는 곳이 있다

그 작고 짧은 골목에서,
너와의 일들이 슬로우모션처럼 지나간다

난 어디까지 널 그리워할 셈인지,

바람이 차다,
너의 마음은 따뜻했으면 좋겠다

그냥 내 마음을 전한 것뿐인데

난 네가 잔인한 것 같았어.

근데 한편으로는 부럽더라,

나보다 너 자신을 사랑해서

자신을 사랑하는 법을 알아서.

그거 기억나?

우리 함께했던 다분했던 온기들

며칠 못 본다고 내가 울먹거리면 조용히 안아주던

따스한 숨소리 같은 거,

카메라 하나도 챙기지 않고 떠난

눈에 마음에 담아왔던 차창 속 기억 같은 거 말야.

우리의 이야기를,

남에게 조언을 구한다는 이유로 이야기를 한다면

이미 끝이 다가왔다는 신호가 아닐까요

PART

4

달

어디를 가나 비추어주는
빛 하나쯤은 있다,

나중에 할 수 없는 것들 지금 하기

걱정은 정말 걱정일 때만 하기

후회해도 괜찮으니 반복하지 않기

자신을 믿고 힘내주기

눈에 찍힌 발자국 같다

눈에겐 깊은 상처의 흔적이지만,

나에겐 뒤돌아보아지지 않는
흔적이 될 뿐이다.

우린 다 각자 다른 길로 갈 거였으면서

왜 과거에 함께였을까

미련만 가득하게,

아침 서리 같았다.

소리도 흔적도 없이 사라질

사랑한다고 말해주세요

아닌 척하고 강한 척해도,

사실은 많이도 무너졌거든요

무너진 걸 알아도 아는 척하지 말아주세요

그냥 묵묵히 말해주세요.

보고 싶었다고,

당장 없는 것에 눈앞이 뿌예져

소중한 것들을 두고 떠나지 말자

다짐해요,

곧 잘될 거니까

항상 응원할게요.

아주 작은 빛이었지만

나에게 비춰줘서 고마워

아주 밝게 빛나서

마음에 여유가 조금 생겼어

생각에도 스위치가 있었으면 좋겠다.

남들의 기준으로

내 인생의 점수를 매기지 않기로 하자.

그 사실 자체가 불행해지는 법이니까

너무 어려우면,

작은 것부터 차근차근 채워

내 풍경을 완성하자.

마음이 먹먹한데

말을 했다,

보고 싶었다고

항상 행복하라고

나에게 모진 건 이해할 수 있겠노라 하고

또,

떨어졌다

이번엔 정말 떨어진 걸까

지름길을 위한 떨어짐일까

아무렴 괜찮다

또 떨어지면 영원히 떨어질 테니.

그러니,

죽기 살기로 매달려 보자

마지막 온 힘을 다해

제일 중요한 건,

끊어 낼 수 있는 용기다

그리고, 나의 사람을 기다릴 수 있는 마음

모든 사람이 같을 수 없듯이,

그냥 흘려보내면 돼

이제는 되는 대로 살아야지

내 소중한 인생 그만 망치고.

아주 소중히, 사랑스럽게 보듬어 줘야지

잃음은 동시에 얻음이 아닐까

잃어봐야 더 빨리 일어날 수 있고,
잃어봐야 더 많은 걸 채울 수 있으니.

같이하는 아쉬움은 미련이었고,

아쉬움을 안고 살아가는 건

혼자 해나가야 할 일이겠지

정말 이젠 고쳐야 할 때.

마음을 비우지 못해 물건이라도,

비우고 비우다 보니

보기에 달라진 건 없지만,

마음이 달라진 게 제일 큰 비움 아닐까.

슬프면 떠나,

떠나는 거 도망치는 거 아니야

잠시 마음을 정리하는 것뿐이지

평평했던 마음을 자꾸 감춘다

구부러져 아프다가,
예뻐해 줘 고마워하다가

밝게 빛이 났다
둥글둥글 예쁘게

무조건 자신의 기준으로 맞출 수 없는 것,

자기 손안에 다 들었다 착각 말고

가끔이라도 겸손해야 할 것,

해가 뜬 날보다,

비바람이 치는 날이 더 많은 너에게

너만 힘든 것이 아니라는 말 대신

그냥 꼭 안아주고 싶어

그것밖에 해줄 게 없지만

내가 언제든 너의 편이라는 것만 잊지 말아

남의 말에 휘둘리지 말 것,

모든 것에 의미를 두지 말 것,

나는 나대로 하고 싶은 거 다 하고

행복에 가득 차 살아갈 것,

비겁해지더라도,

가끔은 도망가자

다 버려도 괜찮을 때도 있으니까

마음이 희든 검정이든 신경 쓰지 마세요,
별은 항상 근처에서 빛나고 있으니까요

별님, 그러니까 검은 마음 가지지 않도록 해주세요
이제 겨우 회색빛이 돌기 시작했거든요

어쨌든 행복하게 해주세요,

간절히 빈 소원만큼 행복해지길

말에 취하게 하는 사람을 만나,

다정한 온기에 취하는 건 내내 계속될 테니

힘들 때 힘내면, 더 힘들어

힘내지 마

달님이 안 보여서 서운하면,

별님에게 말해보자

그럼 조금 안심되지 않을까

인생이란,

알 수 없는 게 묘미 아닐까

비가 싫다고 하던 너에게

소중함을 주고 싶다.

흙의 냄새, 바람의 적당한 온도

남이랑 비교하면 끝도 없다.

있는 그대로 사랑하고 아끼면 되고,

주어진 것에 감사하자

당연하지만 소중한 것에

꽃 같은 사람과 꽃 같은 인생을 살고 있습니다.

이 순간이 끝나지 않도록 해주세요

삶의 이유를 만든다는 건

그만큼 힘내고 있다는 것,

가끔은 다 내려놓고 미친 것처럼

아파할 자격이 있다는 것,

한동안 생각해 봤어,

정답이 없는 인생에 덩그러니 내려와
하루하루를 살아가고 있는 사람들,

너무 걱정하지 마
우리 잘 지켜내고 있잖아,

누군가에겐 이겨내는 일이
버겁게 느껴져도 참 잘하고 있다고

항상 응원해 마음은 보이지 않아도,

사실은 힘든데 안 힘든 척했어

사실 아픈데 안 아픈 척했어

나 때문에 내 주위 사람들이 가라앉는 게 싫었어

그냥 저 달처럼 지켜보기만 하고 싶었어

묵묵하게 밝게,

틈 없이 달려왔다,
이제는 조금 쉬어가도 되지 않을까

우리,

많이 아팠고 많이 아쉽고
후회되는 나날도 있었지만

앞으로 멋진 날들도 많이 남아 있을 거야
그때를 위해서 쉬어가자.

남들이 쉬어갈 때 나아가도 늦지 않아

차갑게 보고, 따뜻하게 안아줄게

더 이상 곤두박질칠 수 없도록

잘살아 보려고 애쓰지 않아도 괜찮아

이미 넌 잘하고 있고,

그걸 알아줄 사람은 내가 해줄게

검은 바다를 사랑한다.

바람이 일으키는 물의 일렁임이
하얗게 파도와 어우러지는 게,

어여뻐서, 그리움을 가져와서

많은 것을 모를 때,

많은 것을 내려놓을 때

그래서 오늘도 하나씩 하나씩 내려놓는다,

이미 알아버린 건 지우기 힘드니까.

힘들지 말자,

조금은 행복할 수 있을 것 같다.

비 온 뒤 흐림,

맑음보단 흐림이 좋아.

뭉그러져도, 온통 잿빛이라 해도

괜찮으니까

그리운 사람은 바람을 그리고,

행복한 사람은 바람을 느낀다.

지난날들로 그리고 지금으로

어두운 나를 안아줘서,

우리의 찬란한 오늘을 위해

항상 좋은 말만 들려줘서

한없이 고마워,

비가 오는 날이라 그랬나

몇 잔 술에 취해서 그랬나

잘 마주치지 못했던,

그날의 네 눈이 바다 같았다.

잠겨 죽고 싶었다

공허함 속에서

나는 길을 잃었다,

정돈되어 있는 길보다 불안했지만,

잃은 길을 계속 내 길로 만들고 싶어졌다.

포기는 쉬어가라고 있는 것이다.

그러니 걱정 말고 쉬어가세요

우리 인생에는 다 굴곡이 있대

내가 왜 이러지 생각이 강하게 들 때엔,

남들보다 그냥,

조금 더 아프고 조금 더 뾰족한 굴곡이 있다고 그렇게 믿자.

당장은 죽도록 힘들겠지만,

마음도 아파할 시간을 주자

우리,

너무 애쓰지 말자

끝없이 펼쳐진 마음을 접었다 펴며

그저, 아무렇게나 살아내기만 하자

너의 결점마저 안아줄게,

내가 더 이상 너의 결점이 아니게 해줄게

그러니까 내게 안겨.

고요한 곳이었지,

갑작스레 쏟아지는 빗속에서
사람들은 가득했지만, 네 품 안만은

주저 없이 벗어 머리 위로 덮어준 너의 옷자락은,
우리만의 길을 달렸던 날은,

물속의 섬에 살고 있어

푸른 관람차가 우뚝 서 있고
에메랄드색 건물들이 반짝이는,

물속에도 이슬이 생긴다는 거 알고 있니

이슬에 가려진 푸른 관람차를 보고 있으면
꼭, 네가 옆에 있을 것만 같아

흩어지는 불빛에 내 마음은 거꾸로 돌았다

사랑이었다,

바다가 보고 싶다는 내 말에,

대책 없이 떠나자며 손잡아 준 일

조용한 곳이 좋아, 버스를 여러 번 갈아타야 했지만

그 속에서 만난 풍경들과 낯선 설렘들

도착한 곳은 조용하고 인적 드문 마을이었지

그날의 바다는 아주 맑았고,

너의 미소도 투명해서 헤어 나올 수 없었어

머뭇거림도 잠시,

숲의 터널 속으로 바스락 들어선다.

잎사귀 사이사이마다

늘어지는 빛과 바람의 온도들,

켜켜이 덧대어지는 추억들과

채도 잃은 말꼬리들,

늪에 빠져있으면 어때요

당신은 달이에요, 이렇게 빛나잖아요

몸을 서서히 맡겨요

굳이 빠져나오려 발버둥 치지 않아도 돼요

그렇게 천천히 빠지다 보면

그 밑에 뭐가 있을지 누가 알아요

곁에 있을게요, 그러니 당신은 빛을 잃지 말아요

영원이란 건 존재하지 않아요,

오지도 않을 거예요.

영원이라는 말에 속아 소중함을 잃지 말아요

대신, 세상의 모든 것들을 보고 느끼고

충분히 즐기다가 돌아갈 때엔

우린 푸근하게 웃음 지으며

잘 살았어, 하며 저 하늘의 점이 되어요.

늪에 빠진 달

1판 1쇄 발행 2023년 12월 20일

저자 이겸

교정 신선미　**편집** 김다인　**마케팅·지원** 김혜지

펴낸곳 (주)하움출판사　**펴낸이** 문현광

이메일 haum1000@naver.com　**홈페이지** haum.kr
블로그 blog.naver.com/haum1000　**인스타그램** @haum1007

ISBN 979-11-6440-475-9(03810)